# 巫女の条件

有田　裕子　著

# 目次

第一部……5
第二部……43

# 第一部

# 十一月

今日は空が青い。めったにないような秋晴れ――空が高い。ベランダのドアを開け外に出た葉月は、深く息を吸いこんだ。さすがに十一月下旬ともなれば、空気は冷たくて気持ちがいい。

こんな日に出勤するなどもったいないと考えた葉月は、一日部屋から外を眺めることにして、仕事を在宅ワークに切り替えた。今日の仕事は自宅で十分。結果がわかるだけだもの。

ちゃんとした朝食を摂った後、葉月はちゃんとした普段着に着がえた。在宅ワークなどカメラをオフにすればよいが、何があるかわからない。メールをチェックした後、ラジオを聞きながら新聞を読み、洗濯機を回した。新聞は今や絶滅危惧種であり、いつ絶滅してもおかしくないが、世の中には絶滅危惧種であれば守らなければならない、という人種がいて、そのおかげで細々と発行を続けている。

洗濯機は30年前の「全自動洗濯機」なので、今の全自動洗濯機のように、乾かしてたたんだりしてくれない。洗って脱水するだけである。しかし、この洗濯機は、買ってから一度も故障することなく、葉月の生活を助けている。

今日は洗濯物がよく乾きそう、葉月は青い空を見ながら思った。葉月はこんな生活様式が気に入っている。特に今日のように自分のペースで過ごす日は、頭と身体が連動している感じがする。

職場からのメールにさっさと返信し、午前中は本を読んで過ごした。本もいずれ絶滅すると言われていたが、今もしぶとく生き残っている。世の中には紙が好きな人間が結構いるものだ。葉月もその一人だが、それだけでなく、思想や物語にも肉体が必要であり、本こそがその肉体だと考えている。

簡単な昼食を済ませた後、葉月はお茶を手に安楽いすにすわった。テレビの画面は首都の大きな森を映していた。ＢＧＭは有名で厳かなクラシック音楽。しばらくすると、画面は木造の建物を映し、ある人物をとらえた。

今年の巫女は、真っ直ぐな黒髪、切れ長の目、いかにも大和撫子という風情だったが、表情と歩き方に見覚えがあった。

「夏子……」

葉月は思わず口をついた。間違いない。もう30年も会っていないが、夏子だと確信した。努めて無表情を装っているが、明らかに怒っている顔、緊張のあまりに肩に力が入って、ぎくしゃくと歩いているのが、十二単の美しく重厚な装いの上からもわかった。

葉月には、夏子の気持ちが手に取るようにわかった。夏子は自分が巫女になったのが納得いかないのだ。だから怒って当然なのだ。しかし、巫女になるのに理由はいらない。亀卜《きぼく》（亀の甲羅を焼く占い）によって、日本国民の中から選ばれる。だから偶然の産物であり、だれかの故意によるものではない。もちろん、いくつかの条件に適う人物が選ばれるのだが、特殊な条件ではないので、葉月にも可能性はあった。しかし、何千万分の一の可能性であり、宝くじに当たるより可能性は低いと踏んでいた。宝くじなど買ったこともないくせに。

葉月は夏子に同情した。巫女の任期は一年。その間、家族と共に過ごすことも、友人に会うことも、仕事をすることもできる。事情が許せば、家族と共に首都の森に住むことも可能である。しかし、毎月のように大事なお勤めがあって、何日も拘束されるので、仕事も私生活も中断される。

確か夏子は火山学者になったはずだ。

「研究といっても、一日中研究室の中にいるわけではないの。データ処理は研究室でするけど、実際には、火山の観察や地質調査など、野外で活動することが多い。そんなことをしていると、火山はもちろん、石や土さえも、生きているような気がする」

夏子はそんなことを言っていた。そんな研究ができるわけがない。悔しいだろうな、葉月は思った。火山の研究を中断された上に、よくわからない理屈で成り立っている、いえ、理屈などなく、伝統や慣習、国の事情によって押しつけられた巫女の役目など、到底夏子の納得できることではないはず。一年我慢してねと葉月は夏子に言いたかった。別に葉月のせいではないけれど。

場面は、長い廊下を進む夏子を映し、夏子が木造の建物の中に入ったのを見届けた。今から一大行事があるのだ。

そこでは厳かな儀式が行われる。まず巫女は「雪殿」に行き、亀卜で選ばれた東日本の米「東の星《あずま》」を一粒ずつつまんで、左の皿から右の皿へ移す。次に「月殿」に行って、やはり亀卜で選ばれた西日本の米「ユウヒカリ」を一粒ずつ左の皿から右の皿へ移す。その数はとても多いので、はしを上手に使えることが、巫女の第一条件である。夏子は特別器用というわけではないが、はしをきれいに使った。

しかし夏子は夜に弱い。早寝早起きをモットーとしていて、学生時代テストの前でも十時に寝ていた。葉月の知る限り、徹夜などしたことはなかった。それでも研究者になったのだから、長時間にわたる調査や徹夜でのデータ処理も経験しただろう。そして、どこでも眠られるようになったはず。葉月は「月殿」で、十二単を着たまま眠る夏子の姿を想像した。

夏子は驚く程変わっていない。表情の歩き方も、真っ直ぐな目も。葉月が最後に夏子に会ったのは、大学を卒業したばかりの春だった。葉月は就職し、夏子は大学に残って研究を続けた。そして夏子は火山学者としてのキャリアを積み、南海トラフ地震の時には調査団に加わり、富士山の噴火予測の研究グループのメンバーでもあった。

葉月が感慨にふけっていると、職場からメールが届いた。


「本年の巫女の個人情報」

氏名、生年月日、学歴、職業——これは、葉月の知っている夏子。

(はしの使用能力)　上
(健康状態)　良好。スキーで左上腕部骨折、完治。

(腰)　安定

（身体能力）　普通

（歩様）　姿勢よく、大股

（立居振舞）　普通

（日本語能力）

・話す　滑舌良好　ゆっくり

・書く　センテンス短く　論理的

・読む　良

・聞く　良

（知性）　義務教育を理解

（宗教）　こだわりなし

（支配欲）　なし

（思想）　自然・人権・経済・科学技術

葉月は長いことメールを見つめていた。本当に夏子だった。葉月は思わずほほえんだ。長いこと会えなかった友人に会えたかのように。

葉月の勤務先は、情報省、個人情報局の適正担当課である。仕事は大きく二つ。一つは、巫女と国会議員の条件を決めること、もう一つは、その条件が適正かどうか吟味することである。どちらもくじ引きで選ばれる国民の代表である。多くの人に門を開かれなくてはならないが、かといって、だれでも良いという訳ではない。現在の国会議員の条件は、義務教育の内容を理解していることと、支配欲のないことの二つである。しかし、巫女はいわば特別職なので、条件が多いのは仕方ない。

選ばれた巫女が条件に適っているかどうか吟味することも仕事である。だから葉月は冷徹な目で、夏子の情報をじっくり見た。そして、夏子ほど巫女にふさわしい人物はいるまいと思ったが、職業のところで少し考えた。日本のような火山国が活動期にある今、火山学者はとても大事な仕事をしているのではないだろうか。ノーベル賞を取るような研究よりも。実は職業については今まで何度も話し合って結論は出ている。医師や看護師のような人の命を救う仕事であっても、貴重な研究であっても、代替がきく、ということだった。葉月は少し考えて、問題なしと連絡した。

空は青く、雲一つない小春日和だった。葉月は、洗濯物を取り入れてたたんだ。

## 十二月

今日は冬至。今年の冬至も暖かく、日ざしまで明るい。葉月はいつものようにベランダに出て、深呼吸をした。空気はさすがに冷たい。葉月は今日も在宅ワークにした。なにしろ夏子を映像で見ることができるのだ。一人静かに見たいと思うのは、当然だ。

葉月は、ちゃんとした朝食を摂る。白ごはん、小松菜と豆腐のみそ汁、納豆にかつおぶし、のり――正しい日本の朝食、と友人に言っている。

　一方、巫女の当日の朝食は、焼き小餅に白味噌である。夏子は赤味噌派だったが、そんなことには文句は言うまい。テレビで、冬至にはそれなりのしきたりがあることを伝えた後、巫女の姿を少しだけ映した。今日の夏子は穏やかで、面白がっているようにも見える。よく見ると、夏子の顔には欠点がなく、大勢の中では目立たない顔をしている。独特の衣装と化粧によって、よく知っている人以外は、夏子だとはわからないだろう。葉月は三年前の巫女を思い出した。

　彼女は日本国籍を持っていたが、金髪碧眼だった。このことについては、国際化と多様性という点で概ね好評だったが、問題は彼女が美しすぎるということであった。すぐ個人が特定されて、彼女の職場に大きな迷惑をかけた。外科医だったので、つき指やすり傷ごときで通院する者が続出したのだった。

　その年、個人情報局適正担当課では、美しすぎる人を巫女の条件から外すかどうか議論した。人の美醜をあげつらうのは如何なものか、いや顔の造作も大事な情報の一つである。ではそれをどんな基準で表すか、等々話し合った結果、顔の造作については、一切問題としない。その代わりに、個人が特定できないようにすることが決められた。

まず、十二単など、普段あまり目にすることのない衣装を用いる。古風な化粧を施す。そして、巫女の個人情報を任期中検索できないようにするというものだった。

しかし、と葉月は考える。そんなことをしたら、巫女になったということがわかるではないか。不在も一つの証明である。

## 一月

元旦である。葉月は実家にいる。就職してから葉月は実家を離れ、一人暮らしをしている。仕事と遊びに忙しく、めったに実家には帰らない。しかし、お正月だけは両親が待っている、というより、両親が帰って来ると思いこんでいるので、帰ることにしている。往復ともに混雑するので大変なのだが。

お正月だろうが、実家に居ようが、葉月はいつものように六時に起きて、朝食の準備をした。出汁にカツオ菜を入れ、餅を焼いて雑煮を作った。銘々皿に、鯛、ごまめ、筑前煮、黒豆をのせた。ちなみに、黒豆とごまめは葉月が作った。若い頃は年末まで遊んでから実家に帰ったが、最近は早目に帰省して、お正月の準備を手伝うようにしている。

家族水いらずでお屠蘇を飲み、おせちを食べながら、どうでもいいテレビ番組を見て、午前中を過ごした。そして、夏子はどうしているだろうと思った。

巫女のお正月は忙しい。五時半に起きて身を清めた後、十二単を着て国民のために祈る。そして朝食となる「御祝い先付の御膳」を食べる。決して豪華な食事ではないが、夏子はそんなことは気にしない。多分面白がっているはずだ。

どんな巫女でも、お正月の頃になると、わが身に降りかかった災難を受け入れ、ある者は意欲的に、ある者は面白がって、ある者は適当に任務をこなすようになる。そうなるまでには、宮内庁による様々な支援がある。巫女の必要性に始まり、しきたり、立居振舞、そして、心得。首都の森にいる時だけの役目だから、パートタイムのつもりで、気楽にしていいこと、何があっても責任を感じることはない――このことを伝えられると、巫女の葛藤も少なくなるという。そうすることで、巫女制度は何とか継続している。

一月には、歌会始もある。天皇制が維持できなくなった時、歌会始をやめようという意見もあった。しかし、国の内外から二万首もの応募があり、テレビ中継される程の人気のある行事である。日本が文明国だという宣伝にもなる、というので、今も続いている。

その時、適正担当課では、巫女の条件に和歌の能力を入れるかどうか話し合った。元々巫女の条件はそれほど厳しくない。一般女性から選ぶというのが基本方針だからだ。かと言って、だれでもよいというものでもない。一年間、国の象徴となり、国の代表として発言したり、儀式を行ったりするからだ。だから、ある程度の品位と知性を必要とする。品位は、話し方、立居振舞が普通程度、つまり下品でなければよい。知性は、義務教育の内容を理解している――これでよいかどうかが議論となった。

中学の国語では、古典の基礎を学び、俳句や短歌も学習して、作ることもできるようになる。この時期に詩歌の才能を開花させる人も多いが、だれでも上手下手は別として、和歌を作れるようになる。別に巫女が上手な歌を作る必要はない。素朴で素直な歌というのも、味わいがあり、国民に好感を持たれるものだ――というのが結論であった。

夏子は大丈夫。特別上手ではないが、気持ちのこもった、よい歌を作る。歌会始が楽しみである。

今年の歌会始は休日であった。葉月は朝食を済ませると、お茶を持って安楽いすに座った。

正面には巫女が座っている。今日の夏子は緊張していない。首すじを伸ばして、あちこち見回している。面白がっている。あまり好奇心旺盛なのも、巫女に相応しくないかもしれないと、葉月は少しの間考えた。しかし、好奇心のない人間は面白味に欠け、国民に親しみを持たれない。その匙加減が難しい。そう考えた葉月は、この件を不問にした。

歌会始が始まった。今年のお題は「虹」。まず、たくさんの応募作の中から選ばれた十首が読み上げられた。作者は十六才から八十八才まで、若い順に紹介された。みんな緊張しているが、誇らし気である。みんなうまい。自分では歌など作らないのに、葉月は上手下手がわかる。だから、自分の腕前もわかるので作らないのであるが。

その後、召人十人の歌。プロなのでうまくて当然。最後に巫女の歌。

雲間より　天使の梯子　降りて来て
　　あなたに似合う　虹の輝き

夏子にしては、かわいい歌だ。というより、あり合わせの材料で作った、ヤケクソの料理のようである。この歌は夏子の今の心境を歌ったものだろうか。一刻も早く今の状況から脱出したいと思っているのだろうか。深刻な悩みがあるのだろうか。それとも、悲しみを抱えた人がそばにいるのだろうか。葉月は心配になった。何もできない。声一つかけることさえできないのに。

## 二月

今日は寒い。ベランダに出て葉月はそう思った。一年で一番寒い時期だもの、寒くて当然。昨年の世界の平均気温が一昨年の平均気温より低かったという。つまり、地球温暖化は止まったのではないかという発表があったが、まだ確信は持てない。しかし、葉月は今日の寒さを好ましく思った。

しかし、あまりの寒さに葉月は部屋に入って暖房を入れた。今日、葉月は在宅ワークである。といっても、葉月の職場で毎日のように出勤するのは葉月だけで、みんな仕事はどこでもできると考えていて、自宅やセキュリティの高いホテルで仕事をしている。情報を扱う人間にとって、情報機器さえあれば、そこは仕事場である。どこで仕事をしてもよいとなっていて、南の島でも、北の大地でも、島でも仕事は可能である。それでも葉月は出勤する。仕事とプライベートをきっちり分けたいからである。自分の領分に仕事を持ちこむのも、自分の個人情報（部屋の様子や音）が知られるのも嫌である。それでも在宅ワークにしたのは、今日宮中晩餐会があるからだ。

天皇制が維持できなくなった時、緊急措置として、宮内庁職員の巫女を天皇の代役としたが、次々と辞めてしまった。仕方なく、期限を一年としたが、それでも、なり手がなくなったので、抽選巫女制を導入した。国民は、心の拠り所となる人を必要としたのである。たとえ、一年限りの人であっても。

だから、巫女はあくまでも国内用であって、外交で使われることはないはずだった。日本の王制改革は、驚きと共に世界中に知れ渡り、巫女が一般庶民から抽選で選ばれるということは、周知の事実だった。そのような巫女が外交に役立つとは思えなかった。

ところが十年前、北の大国との交渉が難航した時、かの国の大統領が巫女との晩餐を要求してきた。日本政府は、巫女は、政治にも国際情勢にも通じていないからと断ったが、大統領は一緒に食事ができればよいと譲らなかった。仕方なく、その要求に応じたが、結果として、交渉はうまく進んだ。その時の巫女は、世間知らずの典型みたいな人物だったが、はしの使い方は素晴らしくきれいだった。何よりかの国の音楽、バレエ、オペラを愛していたので会話ははずみ、大統領は終始上機嫌だった。

それ以来、相手国から強い要望があった時だけ、宮中晩餐会を開催している。巫女の条件は変えていない。巫女に外交手腕は必要ないし、何が幸いするかわからないからだ。

今日のお相手は、独立したばかりの中央アジアの総統である。お祝いなので、日本政府は快諾した。

宮中晩餐会の一部始終をしっかり観察することも、個人情報局適正担当課の大事な仕事である。今日の巫女は和服である。葉月に着物のことはさっぱりわからないが、深い青の上品な装いで、髪をアップにしている。そして、知的な雰囲気を漂わせている。大学生の頃の夏子は、野生児がそのまま大きくなった、まだまだ子どもという感じだったのに。「大人になったね」思わず葉月は呟《つぶや》いた。

今日のメニューは和食である。かの国の総統の希望だという。日本の食文化は、世界中で人気なのである。

晩餐会は滞りなく進み、総統と夏子はにこやかに話しながら食事をしている。二人共はしを上手に使って品良く食べているが、気持ちいい程食欲旺盛である。片や一国のリーダー、片や火山学者、どちらも人一倍エネルギーを使う仕事なので当然である。総統は夏子と同じ年で中肉中背、国のリーダーという感じの偉ぶった所はなく、ごく普通の人に見える。だから、二人が語り合っている様子は、世間話をしているようである。しかし、その内容はスケールの大きな話である。

それは二十年前の独立運動の話で、二人共目を輝かせ、身ぶり手ぶりを交えて会話に熱中している。儀礼的な雰囲気は消え、旧知の仲であるかのようである。

当時かの国は大国の支配下にあり、宗教も言語も奪われ、個人は徹底的に監視された。その中で独立運動が起こり、総統はその中格メンバーであった。その運動はアサガオ運動と呼ばれ、大国によってすぐ制圧されると思われた。そもそもアサガオ運動とは、一日でしおれる花になぞらえた大国のトップの言葉に端を発したものだった。

予想に反して、アサガオ運動は成功した。その要因は二つ。一つはアサガオ運動の柔軟性――あらゆる状況に応じて行動を変えていった。もう一つは、歴史の大きな流れがアサガオ運動を後押しした。

当時、世界中の若者が自国の民主化のために立ち上がった。民主主義国といわれる国でも、為政者が自分に都合が良いように法律を変えたり、人事権を使って独裁的な政治をしたりしていた。しかも当時の地球温暖化防止策というのが、経済成長を前提とした、為政者にとって都合の良いものだった。こんなことでは、いずれ地球は人間の住めない所になってしまう。そう考えた多くの人たちが運動に参加した。

日本も例外ではなかった。初めは静かなデモだった。だんだん参加者が増え、国民の大多数の賛同が得られた時、ゼネストを決行した。葉月をはじめ、当時の情報省の職員は全員ゼネストに参加した。情報省が動かなければ、省庁はすべて業務ができない。ゼネストが成功したのは、我々の力だと葉月は自負している。あの時はみんな若かった――

葉月が感慨にふけっている間に食事が終わり、二人は立ち上がって握手をした。二人共心からの笑顔を浮かべている。その様子は世界中に伝えられ、かの国と日本の抽選巫女制は更に認知されることとなった。

## 三月

今日は春分の日である。

休日なので、葉月はベッドの中でまどろんで、さっきみた夢を思い出していた。

夢の中で葉月はひたすらキーボードをたたいて情報を入力していた。もう少しで終わるという時に、突然画面が真っ黒になって、後はキーボードをたたいても、画面をたたいても、どうにもならなかった。そして次の瞬間若い時の仲間と共に海で泳いでいた。

葉月は何故こんな夢を見たのか、よくわからなかった。葉月は手作業で情報を入力したことはない。そもそも情報省の仕事は、集積された情報を各省庁に分配したり、情報省で活用したりすることである。更に情報省で使う機器は高性能でセキュリティも高いので、画面が消えたりしないのである。私たちは情報の海を泳いでいるという隠喩だろうかと葉月は思った。

夢の意味など考えても仕方ない。葉月はさっさと起きて朝食を摂った。そして、録画した映像を見た。

春分の日、巫女は日の出と日の入を拝む。ただそれだけであるが、天体の動きを知り、自然の法則に触れることは、日本国民にとって大事なことである。巫女の拝む姿を見て、自然をより深く知ることができる。

葉月は、夏子が日の出を拝む姿を見た。十二単を着た夏子は無表情である。しかしよく見ると、目は充血していて、目の下には隈がある。寝不足のためにぼおっとしている。夜遅くまで、研究か年度末の仕事をしていたのだろう。

首都の森の中で日の入を拝む夏子の表情には、充ち足りたようなかすかな笑みが浮かんでいた。本当に自然が好きなのだ。

自然が好きというのも、巫女の条件に必要かもしれない、と葉月は少しの間思った。しかし、山や海が好き、動物を飼ったことがある、土いじりが趣味、動物園に行く、などという項目を考えていて、途中で止めてしまった。別に巫女は自然が好きでなくてもいいと思い至ったからだ。巫女は太陽を拝めばいいのであって、自然の摂理に感動しなくてもいいのである。

## 四月

新年度が始まって一週間たった。年度始めは、官公庁の忙しい時期である。葉月の勤める情報省も例外ではない。全国から集められた情報をすべて情報省に集積した後、各省庁に振り分ける。その後、情報省の中で各部署に情報が分配される。葉月の部署、個人情報局適正担当課には、すべての個人情報が渡される。その中から巫女と国会議員の候補を選ぶのである。条件さえ決めれば難しいことではない。大事な事は、条件がその仕事をするのに適切かどうかである。

さて今日はお手播《ま》きの日である。巫女はさすがに十二単ではなく、紺色のかすりのもんぺ姿で、小さな苗代に種もみを播いている。今日の夏子はうれしそうである。土に触れる、種を播く、そんな作業が好きでたまらないという気持ちが画面ごしに伝わってくる。夏子程巫女にふさわしい人物はいないと葉月は思った。

しかし、一体誰が巫女の一挙手一投足を見ているだろうか、と葉月は考えた。葉月は仕事だからよく観察している。まして今年の巫女は、かつての親友夏子である。仕事とは関係なく見たいと思う。多分普通の人はそうではない。仕事もしているし、勉強もある。余程の暇人でなければ、巫女のお手播きは見ないだろう。ということは、巫女の仕事からもうお手播きをなくしてもいいのではないだろうか。年度初めは官公庁に限らず、学校も企業も家庭も忙しい。

巫女制度が始まって以来、少しずつ仕事を減らして来た。一般参賀、文化勲章、養蚕、園遊会…。その方針に沿えば、お手播きを無くすことは理に適っている。葉月はそう考えた。巫女の仕事を決めるのは宮内庁だけど。

## 五月

カーテンを開けると、初夏の光があふれていた。葉月はベランダに出て、胸いっぱい外の空気を吸いこんだ。初夏の光は格別。ウキウキした気分になって、自然の中に遊びに行きたくなる。葉月は、学生時代を過ごした自然豊かな場所を思い出した。

いやいや今日は平日。しかも在宅ワークなので出勤しない。午後どこかに出かけよう。近くの公園でツツジを見るのもいい。葉月は気を取り直して、仕事にかかった。

さて、今日の巫女の仕事はお田植えである。画面の中の夏子は、麦わら帽子をかぶって紺色のもんぺを着ている。かすりの模様がいかにも夏らしく、夏子によく似合っている。夏子は真剣な顔つきで、一株ずつていねいに植えている。見ていて危なげがないのは、腰がしっかりしているからだ。一代目の巫女は、腰がふらついていて、転んでしまうのではないかと、ハラハラしたものだった。だから巫女の条件に、腰が安定していることを入れたのだった。巫女にとって一番大事な条件は、腰の安定なのかもしれない。

## 六月

今日も雨。今年の梅雨入りは遅かったが、梅雨になった途端、連日の雨である。さすがの葉月も靴が中までぬれてしまうので、ずっと在宅ワークである。しかし今日は元々出勤する予定ではなかった。国会が召集され、巫女が詔りを述べるからである。

画面には、二週間前AIの抽選によって選ばれた国会議員が並んで座っている。任期は六年である。現在は一院制で、三年毎に半数が入れ替わる。国会議員の顔ぶれはバラエティーに富んでいる。年令、性別、職業……。特に職業については、あらゆる職種が満遍なく選ばれるよう、情報省の個人情報局では、常に仕事についての情報を更新している。

　国会議員の条件は、義務教育の内容を理解していることと、支配欲がないことの二つであるが、全員がその条件に適うわけではない。例えば義務教育の内容を理解しているについては、高校や大学を卒業していればよいかといえば、そんな訳ではなく、学歴に関係なく、学習内容を理解しているかどうかが鍵になる。日本語の能力、数学で学ぶ論理的思考、自然科学の基礎、三権分立や日本国憲法などの社会科学…二割程度の人が不適格となる。支配欲が強い人は最近少なくなっているが、それでも一割程が不適確となる。だから国民全員から選出されたとは言えないが、民主主義を守るためには仕方のないことである。かつてのように、論理的思考ができず、三権分立を無視し、憲法の解釈を変え、自分の意に沿う人事をしていた政治家を選ぶわけにはいかない。

　巫女が登壇した。今日の夏子は緊張している。大学の教師でもあるので、人前で話すことは慣れているだろうが、国の最高議決機関である国会の開催を宣言するのである。緊張して当然であろう。それでも夏子は一言一句間違えず、滑舌よく開会を宣言した。

まず議長が選出され、会議は整然と進んだ。初めに決定されるのは総理大臣である。ある者の発言で現総理大臣が推薦され、賛成多数で可決された。彼女は性格温厚で、国民にわかりやすく語るので人気がある。見かけは普通のおばさんという感じであるが、何を話してもすぐ理解すると、官僚や議員の間ではキレ者と言われている。

一週間後、国務大臣が決まり、次の日巫女が任命する。今日の夏子は至って事務的で、さっさと済ませて大学に戻りたいという気持ちが透けて見える。しかし、一人ずつ役職と氏名を読み上げる段になると、声にはりが出て、同志を見る眼差しになった。共に抽選で選ばれて国のために働く人たちだ。夏子が強い共感を持つのも当然である。

今年のメンバーも、ほぼ男女同数、年代も20代から60代までいるが、前回より国会議員が少ない。民間から専門性の高い人を選んだようだ。彼らの働きぶりをしっかり見るのは、国民としての義務だ。葉月は、国務大臣の顔と名前をしっかり頭にたたきこんだ。

## 七月

今日も雨。梅雨末期の激しい雨が降り続いている。この時期には、毎年のように日本のどこかで洪水や河川の氾濫が起きている。そのため、ビルやマンションには、救命ボートが常備され、一階は住居ではなく、土のうや備蓄品置き場となっている。個人でも車を所有する者より、ボートを持つ者が多い。この時期ホテルの宿泊者は、旅行者より地元の避難民の方が多い。この頃ようやく地球温暖化も止まりつつあるが、それでも洪水がないとは言い切れない。葉月はガラスごしを外を見てそう思った。

今日葉月は在宅ワークである。最高裁判所長官の親授式があるからだ。任命されるのは女性判事。見たことがあると思ったら、名前を見て思い出した。かつて地方裁判所で、「学問の自由、表現の自由とは、その内容が如何に時の政治権力にとって不都合なものであっても、決して何人も侵すことはできない。だから、学問の府である大学やジャーナリズムの府であるテレビ局や新聞社、出版社に対する国家の介入は、憲法違反である」との判決を下した裁判官であった。今思うと至極まっ当な判決であるが、当時、裁判官の人事は内閣が握っていたので、国に都合のいい判決ばかりが続いていた。そのためこの判決は、マスコミでも大きく取り上げられ、世間の耳目を集めた。

その判決を覚えているのだろう。今日の夏子は本心からうれしそうである。正にあこがれの人に会ったという顔をしている。本当に感情が顔に出やすいタイプである。本人もそれを自覚しているので、怒りや嫌悪など、いわばマイナスの感情は隠そうと努力する。しかし、喜びや好意、感謝といった感情は、まるで子どものように素直に表してしまう。巫女としてどうなのかと葉月は考えた。生まれながらの皇位継承者であれば、帝王学によって身につけるべきことであろうが、今の選定方法では仕方のないことだ。まあ、国民の代表として心から祝っていると考えると、そんなに悪いことではない。国民に親しまれる巫女と言える、そう葉月は結論を出した。

## 八月

今年の夏はあまり暑くないと葉月は思った。明け方には涼しい風が入って来て気持ちがいい。去年は一晩中クーラーをつけて寝ていた。その上、朝窓を開けると、熱風が入って来たものだ。

八月に巫女の出番はない。このシステムの基本方針は、できるだけ無駄を省くことである。もちろん多少合理的でなくても、(巫女制度自体どうかとも思うが)

国民が必要とすれば残しているが、巫女の仕事や天皇制にまつわるものは減らす方向に進んでいる。だから行事だけでなく、祝日も少なくなった。天皇誕生日、建国記念の日、昭和の日、スポーツの日、山の日、海の日、文化の日もなくなった。

祝日が減ったからといって、国民はだれも不満に思っていない。なぜなら現在労働者は、自由に休暇が取れるからだ。かつてのように、残業を断わったという理由で解雇されたり、一日中十二時間以上働いたりした、奴隷制労働社会とは違うのだ。真の民主主義国家まであと少しである。国民が合理的に考えることができ、巫女制度を必要としなくなった時、王制民主主義が終わるのである。

## 九月

今日は秋分の日でお休み。しかし、葉月は早く起きて、日の出を拝む巫女の姿を見た。夏子だとわかっているのに、その姿は何故か神々しく感じられた。葉月は、巫女が夏子だと知っているし、巫女の選出過程もよくわかっている。それなのに特別な人だと感じるのは、形式にはそれなりの力があるのだろう。ひょっとしたら、巫女制度は無くならないかもしれない。葉月はぼんやりとそう思った。日の入を拝む夏子の姿も神々しく感じられた。夏子にはある種の神秘性があるのかもしれないと思える程に。

九月には稲刈りもある。次の日夏子は、田植えの時と同じような紺の服に麦わら帽子という格好で稲刈りをしていた。稲刈りなどしたことがないだろうに、鎌を持つ手に危な気がない。岩石や山の調査で様々な道具を使い慣れているのだろう。夏子はうれしそうに、刈り取った稲穂を見ている。収穫の喜びと味わっているのが、画面ごしに伝わって来る。巫女の喜びに、国民はきっと共感したのではないかと葉月は思った。

## 十月

今日は中秋の名月である。例年九月のことが多いが、今年は十月である。朝からよく晴れて、秋晴れという言葉そのもののような一日であった。昨年まで葉月は月を眺めるだけだったが、今年は薄を花びんに活け、月見団子を用意し、「月見の宴セット」を買って来た。栗ごはん、松茸の土瓶蒸し付きの高級品である。葉月は秋の味覚を味わいながら、画面を見つめた。

そこには、昇ったばかりの満月が美しく輝いていた。そして、月に照らされた庭園と美しく活けてある秋の花々を映した後、巫女の姿をとらえた。十二単を着た夏子は、じっと月を見ていた。まるで月が故郷でもあるかのように。かぐや姫が月に帰る時のようだ。葉月は一瞬そう思った。本当は、研究室にも月の石があったなあ、と夏子は思っただけかもしれないけど。

巫女が人前に姿を見せるのは、今回が最後である。しかし、仕事があと一つだけ残っている。次の巫女を亀卜によって決めることである。その方法は、宮内庁の一部の職員しか知らないが、候補者名簿は既に情報省から送っている。
もう少しだね、葉月は夏子に語りかけた。そして寂しく感じた。画面ごしであったとしても、もう夏子の姿を見ることはできない。そう思うと、無性に夏子に会いたくなった。手紙を書きたいと思った。いや、今は夏子も忙しい。巫女の任務がすっかり終わって、日常がもどった頃、夏子に手紙を出そう、そう葉月は決めた。そして、昔夏子からもらった手紙を取り出して読んだ。

第一部　了

# 第二部

# 八月

親愛なる葉月へ

君からの手紙、昨日着いたよ。中三の夏休みにひっこしして、しかも転校するなんて、大変だと思うけど、元気そうで安心！:)

そっちの学校では、制服がセーラー服と詰め襟、方言がまるで文語体——雨の降りよる　なんて言うの？　びっくりするような昔だけど、君がなじんでいるみたいで不思議です。君にとっては生まれ故郷じゃないけど、お父さんの生まれ育った所なら、ＤＮＡが覚えているかも。

私も夏休み勉強して、志望校を考えなくちゃと思ってる。でもね、今考えているのは、大学のこと。つまり、高校は普通科希望だから、どこに行っても勉強内容は同じだけど、将来どんな大人になって、どんな仕事をするか、そのためにどんな勉強が必要か考えている。君は将来のことどう考えている？

メールじゃなくて、手紙で文通しようって言った私の意見聞いてくれてありがとう。子どもの時に読んだ書簡小説思い出して、手紙っていいなと思ったの。その筆頭が親愛なる○○になるんだけど、中学生になって英語勉強した時、Dear ってわかった。メール打つより、書いてるって実感があって素敵 でも、切手はって、君に手紙を出すのは、さびしい。

夏子

## 九月

親愛なる葉月
今日から新学期。まだまだ暑いね。インド洋の海流のナントカカントカ現象のせいで、五十年に一度の暑さ、とか言ってるけど、大もとの原因は、地球温暖化じゃないのかと疑っています。
新学期早々テストがあって、受験に向けての先生の話。なんで先生って、同じことしか言わないのかねえ。中三だけが受験生じゃないし、受験だけが大事なことじゃないのに。こんなんだったら、ずっと人生大変だよ。先生の話はスルーして、外を見て、セミの声を聞いていた。

君は数学が好きだから、その方面に進みたいって書いていたね。いいな好きな教科があるって。私は理科はわりと好きだけど、これといって特別好きな分野があるわけじゃない。これといってなりたい職業があるわけじゃない。それに、今からどんどん変化する社会に適応するのも、大変そう。二十年後にはなくなる職業がたくさんあるんだって！　中三の悩みはつきない……。

夏子

## 十月

親愛なる葉月へ

十月だというのに、毎日暑いね。こんなに暑いのに、運動会の練習で、もうクタクタ。運動会は十一月にしたらいいんじゃないかと思うよ、まったく！　そいでもって、明日が運動会の本番。私は混合リレーに出るんだけど、リレーって責任重大だから、ドキドキしている。おまけにかなり期待されているから、バトンパスでミスしないように、気をつけなくっちゃ。

君のところの運動会はどうですか？　古風なところがあったら、教えてね。

今、ベランダで手紙書いてるんだ。少しだけ風が吹いていて、少しだけ涼しくなった。お日さまも西に傾いて、もうすぐ日没。ここから見える夕日はきれいだよ。そして、夜は虫の声が聞こえる。暑くても、やっぱり秋だね。

今から晩ごはん。それからお風呂に入って明日にそなえて、早く寝るつもり。リレーのイメージトレーニングをしながら。明日がんばるね。

夏子

# 十一月

葉月へ
今日から十一月。さすがに十一月になると涼しいね。そうそう、リレーは2位だった。1位を期待されていたのに、ちょっと残念。でも、バトンパスもうまくいって、チームワークもバッチリだったから、チームはみんな盛り上がっていたんだ。ブロック成績はイマイチだったけど、充実した一日、楽しかった。
最近おもしろい本を読んだよ。「ふたりぐらし」っていう題なんだけど、主人公は独身で一人暮らしの若い男。でも、いつの間にか家事ロボットを一人の人間と認識してしまって、友だちとは疎遠になり、恋人にもふられてしまうんだ。何故かといえば、家事ロボットがどんな話でも理解してくれて、なぐさめてくれるからなんだ。
話としてはおもしろいけど、技術的に可能で、将来そんな世の中になったら、いやだなって考えている。便利になるのはいいんだけどね。理系志望としては、失格かな？　進歩を全面的に支持できないってことは……。

夏子

十二月

葉月へ

「ふたりぐらし」おもしろかったでしょう。多分君の好みだと思ったんだ。でも、びっくり！　家事のようにいろいろできるロボット（君は汎用ロボットって教えてくれたね）はまだできていないけど、人と会話して、相手の言うことを理解しているように思わせることは可能だってこと。それがＡＩで学習するロボットだなんて。私はそれを恐ろしいと感じる。でもそんな感覚も大事だって言ってくれたね。科学・技術にたずさわる人間こそ、その活用を恐れなければならない――

格言みたい。私は安心して理系を目指します。（しかし、君は頭がいいというか、難しいことを考えているね。私もしっかり考えようと思います）

さて、近い将来の話です。私は志望校をK高校に決めました。三者面談で担任の先生が大丈夫と言ってくれたから。でも続きがあるんだ。

「K高校の理数科も合格圏内だ。理系が得意なようだから、考えてみたらどうだ」

私は元々普通科志望だから、理数科に行くなんて考えてもみなかった。でもこのことは、大学の進路や将来の職業に直結する大事な問題、しっかり考えるつもりです。

君は志望校決まりましたか？　冬休みの間に考えて、一月中には決めないといけない。受験生は考えることがたくさんあるね。よいお年を！

夏子

## 一月

葉月へ

あけましておめでとう。形式的な年賀状や暑中見舞いは書きません。私たちの間では必要ないから。

報告です。冬休み中考えて、私は普通科に決めました。多分私は理系の大学に進むでしょう。自然科学の勉強はどれもおもしろいと感じているから。それにひきかえ、社会科学は真面目に勉強してもよくわからないからです。

「五か条のご誓文」という言葉を聞くと、小学校六年の時、君の部屋で勉強したことを思い出す。君は用語をまとめるのが上手だったね。でも私にはよくわからなかった。「天皇は仏教を利用して国を治めようとした」というのは、どういうことかと考えていた。とにかく社会科学はパス。私の理解の及ぶところではないから。

それから仕事についても考えた。二十年後に残る仕事は今の半分——医師、看護師、教師、研究者、芸術家……医療の仕事は、血を見るのがイヤだからダメ。教師って柄じゃない。君も知っているように、私は人前で話すのが苦手です。研究者や芸術家がずっと残る仕事って言われてもねえ。才能がないとダメだろうし……。私は地道にコツコツする仕事がいいなと、いろいろ考えても思いつかないから、両親に相談した。

父の意見——将来のことはだれもわからない。まして、20年後、30年後のことなんて。だから、社会のことを考えるためには、幅広く勉強する必要がある。過去と現在の事がわかって初めて、未来の予測ができるのだから。夏子はよく本を読んでいるようだが、それも、今すぐには役に立たなくても、いずれ何らかの形で役に立つことがあると思う。はっきりそうだとはわからなくても。だから、あまり好きでない教科も、受験に関係ない教科も、勉強した方がいい。

母の意見——私も同感。私は小学校の教師だから、広く浅くいろんな事を知る必要がある。その元となっている知識は、高校時代に身につけたもの——生物、地学、物理、化学、それから、政治、経済、歴史、倫理……つまり、自然科学と社会科学の基礎ね。私はそれほど熱心な生徒ではなくて、興味のあることしか勉強しなかった。授業はちゃんと聞いていたけどね。それでも、そのおかげで、書店にある、自然科学や社会科学の本は読むことができる。完全には理解できなくても。

高校の勉強は、いわば学問の目次、大ざっぱな学問体系がわかっていれば、後から勉強することもできる。だから、若いうちに幅広く勉強すべきよ。苦手な分野もね。

と、親の意見を参考にして、普通科に決定。最終的な決め手は、「ふたりぐらし」と君の言葉——ロボットが人間の代わりになる社会が来た時のために。いいえ、その前に「その技術の活用を恐れなければならない」のでしょう？　肝に銘じておきます。そのために、社会のことも知らなくっちゃと思ったの。

今日は手紙が長くなったから、切手足りるかな？　投函する前に、郵便局で聞かなくっちゃ。

夏子

## 二月

葉月へ

毎日寒いね。今日は雪が降って、登校が大変だった。そういえば六年生の三学期、雪がたくさん積ったことがあったね。帰りまで雪が残っていて、キラキラ光っていた。その頃は毎日、仲よし四人組で帰っていて、家がみんなの別れ道だったから、家の前でいつまでも話していたね。楽しかった！

私は今、私立高校の受験に備えて、体調を整えています。早寝早起き、十分な栄養と睡眠――いつもと同じ生活だけど…。先生が、大事なのは健康管理で、インフルエンザなんかにかかって受験できないのが一番困るって言ったんだ。先生もいいこと言うな。

君も志望校決まったんだね。大学は理系だけど、高校は普通科。ここまでは私と同じ。でも理由が違う。理数科のある高校には、歩いて行けないからって。君らしいなと笑っちゃった。とにかく身体に気をつけて、受験に臨もう！

夏子

## 三月

葉月

今日、公立高校の合格発表だった。わざわざ高校まで見に行ったんだ。もちろん合格！　君からもらった合格祈願のお守りのおかげだよ。ありがとう！

昨日、中学校の卒業式だったんだけど、何だかしんみりしちゃった。小学校の時と違って、みんなと別れてしまうからね。そして、小学校の卒業式を思い出した。クラスのお別れ会で、四人で漫才やったことも。四人の家で何回も練習したね。本番は最高に盛り上がった。私のアドリブを最高だねって、君がほめてくれたね。本当に楽しい思い出！

でも、もうすぐ高校生。あれから三年も立つんだね。

大丈夫だと思うけど、君の合格も信じています。

夏子

## 五月

葉月へ

本当に久しぶり。高校入学してからバタバタしていたからね。初めてのバス通学で、要領よく乗るのが大変。やっと慣れたけどね。

学校の方は、中学校とあまり変わりません。でも、世の中には頭のいい人がいるんだなあって、痛感しています。勉強のことじゃないよ。まあ、うちは名門校だから、秀才はゴロゴロいるだろうから、これは、想定の範囲内。別に張り合うつもりもないし…。でもね、この人だけは違うって人がいるの。ちょっと頭の中を整理してから書くね。

部活はテニス部で、友だちもできたよ。君の方はどうですか？　高校生活のこと、教えてください。

夏子

六月

葉月へ

今日は雨で、部活はお休み。

勉強は、地学と生物がおもしろい。遺伝子の話も、地層の話も。特に、地層が積み重なって変化していく時間は、人間の時間よりもっとスケールの大きな流れを感じる。やっぱり理科は好きだな。

で、この前の天才の話なんだけどね。うちのクラスに呉田さんて子がいるんだけど、言うことがすごいんだ。地理の授業で先生が質問したんだ。

「世界中から日本に物が集まってきます。工業製品や原料、部品、肉、魚、野菜…。なぜだと思いますか。」

それに対して、

「日本の国民が必要としているから」

「物を売って、お金をかせぐため」

「日本で作るより、輸入した方が安いから」

と答えたんだ。それに対して先生は、

「そうです。様々な理由で世界中から物が集まってきます。特に現在は、経済のグローバル化によって、多くの物が流通しています。地理の勉強は、地形や気候だけでなく、政治や経済とも深く関わっています」

　先生の話をみんな真剣に聞いていた。私も、高校ってこんな勉強するんだって、感動していた。そうしたら、呉田さんが発言したんだ。

「意見です。先日スーパーマーケットで、ニュージーランド産のかぼちゃを見ました。ニュージーランドは南半球ですから、日本ではできない時も生産できるでしょう。しかし、資源のコストを考えると、輸送エネルギーの分だけ、余分な負荷がかかります。冬期ビニールハウスで作られるイチゴもそうです。高く売れるからという理由で、資源をたくさん使っています。金銭的なコストだけを考えて、資源のコストを無視しています。もしこれがグローバル経済だとしたら、このシステムを見直すべきではないでしょうか？　なぜなら、このシステムこそが、地球温暖化の元凶だからです。リサイクルやゴミの削減だけで、地球温暖化を防ぐことはできないと思います」

　教室が静まりかえった。みんなが考えているのがわかった。先生もうなずきな

がら聞いて、

「その通りです。グローバル経済は、お金をもうけることを主眼としています。いいえ、資本主義も、それ以前の商業もそうでしたが、現在は規模が大きくなりすぎて、地球に負荷をかけています。あなたの言う通り、資源のコストを考えない限り、地球温暖化は解決しません。経済のコストだけを考えるべきではありません。しかし残念なことに、今の大人の世代が解決することは難しいでしょう。だから私は、あなたたち若い世代に期待しています。そのための協力は惜しみません。私の持っている知識も本も、いつでも提供します」

と言って、授業を締めくくった。

私は初めて先生が言ったことをそのままノートに書き写した。よくわからなかったから。今ようやく理解して、君に伝えているところ。（完全にわかったわけじゃないけどね）

呉田さんは、学校の成績もトップクラスらしいけど、私はそんなことに興味があるんじゃなくて、彼女の思考力がすごいと思うんだ。（秘かに天才って呼んでいる）私にとっては、難しい問題だけど、考えなくちゃいけないと思ってる。

夏子

## 八月

葉月へ

もうすぐ夏休みが終わるね。私は毎日、部活で、君より黒くなったんじゃないかと思ってる。部活の帰りにかきごおりやたこ焼きを食べて、どうでもいいことをしゃべるのが楽しみ。

能天気な私と違って、呉田さんは夏休みも学習会をしたり、サイトを作ったりしている。私も一回誘われてデモに行ったことがあるけど、こんなにたくさんの若者が世界のことを考えているのかと感激してしまった。私はやっと十六才になったばかりだけど、ボヤボヤしてはいられないと思ったよ。

若者たちのこんな姿を見て、大人たちは、やらされているとか、言わされているとか言っているけれど、子どもをバカにしちゃいけない。例えば、十六才の沖縄の少女の詩、彼女の思いだけじゃなくて、才能もあふれていた。君も知っているように、私も詩を書いていたことがあったけど、足元にも及ばない。それから、十六才のスウェーデンの少女、彼女の発言にも、行動力にも感心する。特に「新しいことは何も言っていません。すべて言われてきたことばかりです」という言葉には力がある。みんな知ってて知らんふりしていたでしょ、何もしなかったでしょって言われているみたいで。

私は詩の才能もなければ、呉田さんみたいに頭も良くない。でも、自分の能力を世の中のために使いたいと思っている。これが、夏休みに考えた私の将来の希望。

夏子

# 十一月

葉月へ

またまた間が空いてしまった。

昨日文化祭が終わったところ。私はテニス部だから部活の出店はないけれど、クラスでは、地球温暖化の問題を扱った。連日盛況で議論も盛り上がったんだけど、ほとんどが高校生なんだ。他校の子もたくさん来たけど、大人はあまり関心がないみたい。

私は最も初歩的な気温変化のグラフを作って解説したんだけど、気温の上昇にはたくさんの要因がからんでいて、簡単に原因はこれですとは言えない。でも、人間の経済活動による二酸化炭素排出のためなのは確かみたい。

毎日教室では議論が交されて、すごく勉強になった。みんなよく知っているし、資料もたくさんもらった。

例えば、今年温暖化の被害が一番大きかったのは日本で、それは台風や豪雨のため。それなのにまだ新たに火力発電所を作ろうとしている。原子力発電所は二酸化炭素を排出しないから、政府は使い続けるつもり――これには反対意見がたくさん出た。10万年後も残る放射能汚染物質をどう保管し、どう伝えていくのか。これ以上放射能汚染物質を増やすのか。まだ、原発事故の後始末も終わっていないのに。だいたい日本みたいな火山国に原子力発電所を作ること自体が間違っている。地震学者は反対しなかったのか――。

たくさんの話を聞きながら、私は頭をフル回転させた。そして、自分ができることは何か、本気で考えた。そして、二つの仕事を思いついた。一つは地熱工学の技術者になること。日本には火山がたくさんあるので、地熱発電ができる――日夜関係なく発電できるし、季節や天気に左右されない。もう一つは、日本が熱くなっても生産できるコメの品種の研究をすること。この二つの仕事なら、コツコツ努力すればできそうだし、活動的で肉体労働できるところが素敵！

夏子

# 一月

葉月へ

あけましておめでとう。君は数学科へ行くんだね。数学は役に立たないみたいだけど、情報の暗号化に不可欠——ちっとも知らなかった。私も数学は好きだけど、それほどでもない。それに、君みたいに数学に美しさを感じたりしない。これは才能の問題かもしれない。私は冬休みの間に大学のことを調べたんだ。地球温暖化に適応するコメの研究なら、南の方九州の農学部、地熱工学がある大学も家から通えない。両親に聞くと、あっけないほどいいと言われた。父にいたっては、

「夏子が日本海側の大学に行ったら、南海トラフ地震があっても安心だ」

なんて言ってる。愛情深いんだかどうなんだか。でも、南海トラフ地震って気になる。調べてみよう。

夏子

# 三月

葉月へ

突然の休校、それも全国一斉なんてひどい。

「子どもの命を守る」なんて、ばかにしないでほしい。学校は感染源ではないし、子どもが重症化することは少ない。母はホントに怒っている。あの総理は学校の役割を理解していない。子どもの学習権を奪うなんて、三学期のまとめの大事な時期なのにって。

私はさびしい。授業を受けたい。友だちと会って、ワイワイどうでもいいことを話したい。仲のいい友だちとは、メールしたり、電話したりしているけど、やっぱり会って話したい。おしゃべりっていうのは、用件を伝えることじゃなくて、一緒にいるってことなんだ。

それに、友だちじゃないクラスメートって、結構大事だと思う。例えば呉田さん。今席が隣なんだけど、この前「源氏物語」の授業中私がため息ついたら、笑われてしまった。(全然イヤな感じじゃなかった。あなたの気持ちわかるって感じ)だって全然わからないんだ。あんなもの現代語で解説されてもわからないよ。それから、私が消しゴムを落として困っていたら、自分の消しゴムを半分に切って、当然のように私にくれた。呉田さんとは意志の疎通ができないことがあるし、友だちになろうとは思わない。でも、信用できる人だと思うし、好きだな。そして、尊敬している。そう、選べない交流って、とても大事だと思うよ。

勉強はしているよ。南海トラフ地震のこともね。君のところはどう？　一緒にこの事態を乗りこえようね。

夏子

**四月**

葉月へ

無事二年生になりました。クラスがえがあって、教科書もらってすぐ下校。あとはオンライン授業。まあ学習は進んでいるからいいけど、毎日つまらない。会いたい人に会えないし、行きたい所にも行けない。不要不急の外出はダメって言われているけど、人間は、不要不急の無駄なものでできていると思うよ。

不要不急の最たるものが、この手紙。私にとっては大事なもの。昨日君の夢を見たんだ。再会して二人でたくさん話すんだ。昔と同じ楽しい会話なんだけど、二人とも成長したはずだから、本当はどうなんだろうって思った。話しの内容は覚えていないけど、夕焼けがきれいで、カラスが鳴いていたのが印象的だった。会いたいな、君に。不要不急だけどね。

今のうちに将来のこと考えておこうと思っている。でもね、図書館は休館で、本屋もお休み。だからインターネットで検索するしかないんだけど、なかなか知りたいことにたどりつけなくて大変。君はどんな毎日を送っていますか？

## 五月

葉月へ

君は規則正しい生活をして、志望大学も学科も決めて勉強してるって、さすが！やはり地元の大学――近い所という君の指向は相変わらずだね。その大学、イネの研究も、地熱の勉強もできるよね。ちょっと考えてみようかな。親もいいって言ってるし…。

この前呉田さんのサイトを見てみたら、すごいことになっていた。日本語と英語の両方で発信していて、世界中の人とつながっている。内容は、パンデミック後の社会をどう再構築するかってこと。経済を優先する今のグローバル経済を見直し、少ない資源で生活できる社会にすべきです。感染防止のために生産活動も人の移動も少なくなった今のタイミングで考えるべきですって言ってる。スケールの大きな話、すごいなあって感心するけど、実は私はよくわからないんだ。具体的なことはよくわかるんだけど、抽象的なことを考えるのは苦手。まして未来のことになるとね。でも、地球温暖化阻止のために何かしたいという気持ちは本当だよ。

夏子

## 八月

葉月へ

久しぶり。今年の夏休みは、図書館に通って勉強したんだ。受験勉強と南海トラフについて。部活は、感染対策で制約が多いので、やめちゃった。

母の言った通り、高校の地学のレベルで、地学の専門書は読めるね。完全に理解できるわけじゃないけど。というより、ところどころ理解できるという程度。それでもおもしろいと思うのは、時間の流れのスケールが大きいってこと。何百年、何千年どころか、何億年単位なんだ。人間の歴史なんて短いなって思う。それじゃ、次の地震がいつかなんて、簡単にはわからないね。研究したからって、すぐに役立つわけじゃない。

でも私は、地学の時間のスケールにロマンを感じてしまったの。もちろん人の役に立つことは大事だけれど、それぱかり考えていると、きゅうくつなんだ。特に今の社会の雰囲気——自分が感染しない、人にも感染させない、大切な人を守るために新しい生活習慣を身につけましょう——私にはきゅうくつでたまらない。人の私生活を規制する社会をみんな認めて、お互い監視し合っている。気の緩みは許さないという雰囲気を私はおかしいと思う。

だから私は、地球の勉強をすることにしました。もっと自然に近く、もっとゆっくり時間が流れる所に身を置きたいから。

父の話によると、日本政府は国策として火山学者を増やそうとしている。私は火山学者になるかどうかまだ決めていないけど、地球の勉強をすることは決めています。

それで今はどこの大学に行くか調べているところ。高校の地学の先生にも相談しなくっちゃ。なんか楽しみ。

夏子

## 十二月

葉月へ

君から手紙が来ないので、心配しています。

私は数学のことで、ちょっと悩んでいます。（大げさな）この頃数学が楽しくないんです。問題が解けないわけでも、成績が下がったわけでもないんだけど……。前は問題読んだら、解答への道すじが直感的にわかったんだけど、今はただ公式にあてはめて問題を解くだけ——全然楽しくありません。君はきっとそんなことはないでしょうね。

十七才の悩みがそれかと君はあきれるでしょうね。なんと現実的な奴かと。これは一種の現実逃避かもしれません。学校の勉強のことだけ考えているっていうのは。現実の社会は、あまりにも複雑で、私の理解力を越えています。だから、現実の難しい問題は大人に任せ、将来のことは、呉田さんのような頭のいい人に任せようとしているのかもしれません。

夏子

二月

大好きな葉月
お手紙ありがとう。君の数学愛は相変わらずだね。それこそ才能。
それと、地球学は役に立つ、今すぐ地震予報ができるとは限らないけど、いずれ人の役に立つ科学だって書いてくれてありがとう。私だってわかっていたけど、現実逃避のために地球学を選んだ、それは不純な動機だったたって気がしたんだ。でも、地球のことが好きだという気持ちは本当だよ。気づかせてくれてありがとう。

でもね、気のせいかもしれないけど、君、元気がないような気がした。ひょっとしたら悩みがあるのかなって。そばにいたら聞いてあげられるのに、手紙でもいいのに…って書いたところで考えてしまった。

この前私は、数学についての悩みを書きました。たやすく君に打ち明けられるものだったから。でも、あまりに深刻なことだったら、書かなかったかもしれない。だって私にとって君は大事な友だちだから。だからこそ言えないこともある。君に軽べつされるからじゃなくて、君を暗い気持ちにしたくないから。

私の勘ちがいだったらごめんね。でももし書きたくなったら、どんなことでも書いてね。どっちかって言うと、私は気にしない性格だから。

夏子

## 三月

葉月へ

元気になったみたいだね。言葉に力がみなぎっている。

ＷＨＯの勧告でオリンピックが中止になったので、呉田さんのサイトを見たら、驚くべきことが書いてあった。

「オリンピックの中止は、感染症対策としてだけでなく、地球温暖化を防ぐためにも良いことです。なぜなら、オリンピックは多くの二酸化炭素を排出するからです。

各国政府は、二酸化炭素排出０を打ち出していますが、どれも経済成長を前提にし、今の快適な生活を維持しようとしています。しかしそんなことでは、地球温暖化を止めることはできません。

なぜならその多くは技術革新に頼り、そもそも技術革新には、資源も技術も必要で、その過程で二酸化炭素を排出するものだからです。

一番簡単な提案をします。人類の幸せにとって必要でないものの生産をやめるべきです。例えば軍需産業――各国の軍事費は莫大な額であり、多くの資源を使っています。殺人破壊兵器を作ることをやめれば、それだけで温暖化防止に貢献するでしょう。それは理想であって、現実的ではないという人もいるでしょう。しかし、人類が滅亡の危機にある時に、戦争などしている場合ではないのです。人間の知性で戦争放棄をすることこそが、人類が生き延びるための唯一の方法です」

スケールの大きな話、感動しちゃった。全部わかったわけじゃないけど、戦争放棄によって地球温暖化が防止できることはわかった。

私は志望校調査中です。候補はいくつかあるんだけどね。決まったら君にすぐ知らせるよ。

夏子

## 九月

葉月へ

本当に久しぶり。志望校はS大学の地球学科に決めました。なぜなら純粋に地球について学べるから。他の大学はわりと資源活用という所が多くて、ちょっときゅうくつな感じがしたの。もちろん、例えば地震の予知がもっと正確にできたら役に立っていいことだと思う。でも、人間の視点からだけでなく、地球のことをもっと知りたいと思う。

最終的には夏休みにオープンキャンパスに行って決めたんだ。山々が美しく、空気がきれいで、自然のスケールが大きいって感じた。でも、冬は寒いだろうな。寒いのは苦手だから、ちょっと心配。父は「スキーができるぞ」って言ってるけど、まだ一度もしたことがないんだ。おもしろいのかなあ。

夏休み息ぬきしたから、二学期は受験勉強がんばるつもり。地学の勉強もするけどね。

夏子

# 十二月

葉月へ

何だか国中大変なことになってるね。経済危機——失業者があふれ、賃金が下がり、国家財政は大きな赤字をかかえている。総理大臣が代わっても、経済は悪化の一途をたどっている。私は経済のことはよくわからないけど、我が家の家計も心配。

だから両親に聞いてみたの。私が他県の大学にいっても大丈夫かって。両親の給料だってどうなるかわからないから。そうしたら、公立ならどこにでもやってやるって言ってくれた。私は恵まれているなあって、初めて思った。だって、お金の心配したの、生まれて初めてだから。

だから、ストレートで大学に入って、なるべく節約して大学生活を送ろうと思ってる。地元の大学に進む君は、本当に親孝行だね。

夏子

三月

葉月へ

受験は全部終わりました。後は結果を待つのみ。じっとしてはいられないので、部屋のそうじと荷物の整理をしています。でも、アルバムなんか見ていて、ちっともはかどりません。

思い出すのは、君と一緒に過ごした小学校時代のことです。鉄棒ばかりしていて、手にマメを作ったこと、給食の前に読んだ本、マンガをかいて、作った冊子……本当に楽しかった。

君も結果待ちですね。大学生になったら、どこかで会いましょう。

夏子

# 八月

葉月へ

本当に久しぶりです。大学入学以来、忙しい毎日で、昨日ようやく帰省したところです。それでは、私の大学生活を紹介します。

まず私は、経費節約のために女子寮に入りました。二人部屋で、一年生の教育学部の子と同室です。真面目でおっとりした子、仲よくしています。でもね、一年生同士の二人部屋のせいか、よく同級生が遊びに来てしゃべっていくのです。早い話が一年生のたまり場になっているのです。いろいろな地方の子がいてとても楽しいけど、最後までつき合っていると寝不足になります。だから私は眠い時は先に寝てしまいます。とにかく楽しく過ごしています。寝食を共にするって、こういうことを言うんだね。

サークルには入っていません。うちの大学にはサークルがたくさんあって、おもしろそうなものもあるんだけど、勉強に専念しようと思っています。というのも、地球学科は一年生から実地調査や実習があって、これがまた楽しいのです。しかも、大学もその周辺も自然豊かで、日常生活でも自然を満喫できます。（授業でスキーやるんだよ。冬山の調査でスキーが必要なのだと思う）
アルバイトはしていません。学校の勉強と寮生活に慣れるのにせいいっぱいで、そんな余裕はありません。とにかく一生懸命勉強して、四年で卒業するつもりです。無駄づかいしないで、堅実に生活しています。
ここはとてもいい所です。女子寮には、他大学の学生も泊まれるから、遊びに来てね！

一月

葉月へ
あけましておめでとうございます。またまた帰省して、私の部屋でこの手紙を書いています。私の大学生活の報告　その２です。

十二月にスキーの授業がありました。私は初めてなので、初心者コースに入りました。午前中習って何とか滑れるようになりました。そこで午後友だちと初心者コースを滑ってみました。大自然の中で体を動かすのは、とても楽しい。コートの中でボールを追うより、私の性に合っています。それでも、あっという間に転んだり、木の繁みにつっこんだりしました。(起き上がる時にストックを支えにしたら、少しだけれど曲がってしまった)

スキー板持っている子もいるので、買った方がいいかなと思っています。スキー用品を買うお金はあるのです。祖母がお年玉くれたし、少し貯金もあるから。でも、寮の部屋はせまく、置くスペースも考えないといけないし、お手入れもしないといけないし……思案中です。もし、実習でひんぱんに使うのなら買おうかな、来年。

とにかく楽しい毎日です。この大学に来てよかった。

## 五月

葉月へ

めずらしく寮で手紙書いています。(かわいいでしょ。色とりどりの夏の魚たち)

提案です。今年の夏休み、私の寮に遊びに来ませんか？　二年生になって実習も増えて、空いている日はあまりありませんが、お互いの都合がつけば、ぜひここに避暑に来てください。ここは本当にいい所です。涼しいし、空気もきれいだし、大自然を満喫できます。おいしいものとか、流行のものはあまりないけど、八月には音楽祭があるから、日程が合えば聞きにいきましょう。寮に教育学部の音楽科の子がいて、オペラのコーラスを歌うらしいの。チケットが手に入るから。

もちろん君が地球の歴史に興味があるのなら、バッチリ現地を案内しますよ。

夏子

メールでいいから、都合のいい日を連絡してね。

夏子

## 六月

葉月へ

めずらしく絵葉書を買いました。ダイナミックな夏の山です。八月一日に君が来るのを楽しみに待っています。音楽会とは日程が合わないけど、私は君に会えればそれでいいです。それから、私も三日に帰省するので、途中まで一緒に帰りましょう。

夏子

# 八月

葉月へ

とっても楽しかったね。君がここの自然を好きになってくれたみたいでうれしいよ。だって私にとってここは、第二のふるさとだから。君とのおしゃべり、昔と同じように楽しかった。同じふとんに寝て、くだらないことをたくさん話したね。君は全然変わらないね。話し方も、笑い方も。

でもね、君の方が先に大人になったみたいで、ちょっと置いてきぼりをくった感じ。君は数学みたいな浮世離れした学問をやっているって思っていたけど、数学がどんな役に立って、それを将来の職業にどう活かすか考えているんだね。感染症の流行によって、科学技術の進歩に加速度がつき、ロボット、AIの技術開発、情報の収集はもっと進むって教えてくれたね。すごいこと考えていると感心しちゃった。

私なんか、毎日土や石にまみれて活動している。それは、生産的で充実した生活だと思っていたし、大自然の中で生きている感じがして楽しい。しかし実際には、世間とは違う場所で、世間とは違う時間の流れの中で生きている。浮世離れしているのは私の方だって、痛感しちゃった。

もちろん、私が選んだ生き方だから後悔はしていないし、これからもこの生活を続けるでしょう。でも、君のように社会のことや未来のことも考えていこうと思います。

ありがとう。

夏子

## 四月

葉月へ

無事三年生になりました。またまた実習の毎日です。

去年の夏、君に会ってからずっと考えていたんだけど、私はこれから研究の道に進もうと考えています。高校生の時君に、役に立つ人間になりたいって手紙に書きましたね。その気持ちは今も変わっていないし、火山の研究もいずれ何かの形で社会の役に立つでしょう。でも今は、何の役に立つのかなんて考えないで、火山の研究がしたいのです。

なぜなら私には現代の社会のことがよくわからないからです。社会科学も少しは勉強したし、新聞も読んでラジオにニュースも聞いています。時々呉田さんのサイトも見ています。それでも、社会がこれからどうなっていくのかなんて、想像もつきません。ひょっとしたら、私にとっては、人間社会よりも火山の方が理解しやすいのかもしれません。

だから私は、純粋に火山の研究をするのです。火山大好き。

夏子

## 六月

葉月へ
お誘いありがとう。九州には修学旅行で行ったけど、もう一度ゆっくり旅行したいと思っていたので、とてもうれしい。

でも残念ですが、今回は行けそうにありません。実習で日程がつまっている上、兄が結婚するので、今年の夏は、ハードスケジュールなのです。せっかくのお誘いなのにごめんなさい。また誘ってね。

ところで、まったく違う話ですが、君も呉田さんのサイトをよく見ているのですね。君が、おもしろくて感動的、といった所、私も同感です。

「人類は、科学技術の開発を進歩と呼んできましたが、それによって、地球は住めない所になりつつあります。今こそ人類は進歩をやめて、進化して本物の知性を手に入れるべきです。

それは

戦争をやめること
宇宙開発をやめること
不老不死を求めないこと
真に必要なものを見極める知性を持つこと」

再読して、考えこんでしまいました。みんなが呉田さんのように考えることができたら、理想の社会ができるのに――私は彼女の言うことはわかるのに、現実の社会のことはよくわからないのです。多分、呉田さんは論理的で、社会の現実は理屈通りではないのかもしれません。論理的な所に居られることに感謝しています。君もそうですね。数学という論理の中……。

夏子

# 一月

葉月へ

お見舞いの手紙ありがとう。メールしたように、私は無事でかすり傷一つ負っていません。確かにこの前の地震はすごかったけど、ここは割とよく地震が起こる所なのです。まあんなひどいのは初めてだったけど…。

うちの大学は地震対策はバッチリですが、それでも研究室には物が散乱していて（元々整理整頓ができていないのです）後片づけが大変でした。私の部屋は、本棚から本が数冊落ちただけでした。君も知っての通り、私は最低限の物しか部屋に置いていません。数少ない家具(と言っても、本棚と衣装ケースだけですが)も、しっかり金具とロープで固定していたので、まったく被害はありませんでした。

今回の地震は、君が心配しているように南海トラフとは直接関係はないようです。しかし、現在日本列島は活動期に入っていて、いつ大地震が起きても不思議ではありません。君の住んでいる所はあまり心配のない土地だけど、用心にこしたことはありません。

地震学も進歩したけど、予報に関して強さの精度はまだまだだし、何より何秒か前にしかわかりません。小さな地震はともなく、大地震だけでももっと早く予報ができるといいと思います。そうすれば、住民が避難できて、工場や交通機関も対策ができるでしょう。そして、原子力発電所も安全対策ができます。

——何だってこんな地震列島に原子力発電所をたくさん作ったのでしょう。地震学者は警告しなかったのでしょうか。

もうすぐ四年生になりますね。卒業後の進路は決まりましたか？　君は四年で卒業して、すぐ働くと言っていましたね。自分が学んだことを活かせる仕事がしたいと。君のそんな所エライと思います。でも私は大学院に進んで、もう少し研究を続けるつもりです。研究もおもしろいのですが、私は何よりも地球が好き。山肌や石に触れていると、生きていることを実感できるのです。もう少しここにいて、研究するつもりです。

夏子

## 四月

葉月へ

四年生になっても、相変わらず研究の日々です。五月に九州に地質調査に行きます。もしお互い都合がつけば、会いたいと思います。詳しい日程は後日わかり次第連絡します。

王女の結婚、うまくいくといいですね。お相手は、日本の古典文学を研究しているドイツ人男性。お似合いだと思うのですが、世間では、夢物語だとか、外国人と結婚するなんてとか、批判されています。しかし私には、王女の選択は、一人の女性としての、当然の権利だと思えるのです。王女だって好きな人と結婚して幸福になる権利があるはずです。

王女の結婚に反対する人たちは、天皇制のためだと言います。皇女が皇籍離脱したら皇族が減るなどと言っています。下手すると、天皇は男系男子に限ると言っている人たちに、過去の皇族男性と結婚させられるかもしれません。それではまるで子を産む道具です。

私は、王女に幸せになってほしいと思います。だれかの犠牲の上に成り立つ制度なんておかしいと思っています。

話がそれましたが、九州に行く日程がわかり次第メールします。

夏子

## 五月

葉月へ
この前のメールのつけ足しです。（メールだったら他人に読まれる恐れがあります。もちろん、機密でも何でもないのですが、気楽に伝えられることではないので）
今回の調査は大規模で、予定通りにいくかどうかわかりません。緊急の調査のようです。多くの地震学者や火山学者、そしてその卵たち（私も含めて）が参加します。先生たちの顔を見ていると、緊迫感がひしひしと伝わって来ます。大地も火山も、人間とは違う原理で動いています。多分いつ大地震が起きてもおかしくない状況なのだと思います。君も気をつけてください。

夏子

## 一月

葉月へ

ようやく卒論の目途が立ちました。大変だったのは、実地調査やサンプル採集でした。頭を使うよりも体を使う時間の方が長い研究ですが、私はこんな研究が好きなのです。幸せだと思います。卒論を提出したら、大学院の試験を受ける予定です。

あなたの就職は決まったようですね。おめでとう！　今度は地元ではなく、東京なのですね。地元のロボットメーカーもおもしろそうですが、残念でしたね。

あなたは自己ピーアールが下手だったのではないでしょうか？　友人の就活のエントリーシートを見て、私は受けずに済んで良かったと思った位です。でも、公務員試験ならあなたに合っていたのですね。なんせ一発勝負ですからね。面接だって、あなたの話を聞けば、あなたの価値がわかるというものです。

一つ気になることがあります。高校の同級生で呉田さんと一緒に運動していた仲間が何人も、公務員試験で落とされました。（二次で）国家によって個人情報が監視されていると、呉田さんは怒っています。そして文書を自分の仲間と思える人に送って来ました。更に信頼できる人にコピーして渡してほしいとも。インターネットは監視されても、手紙は検閲されない――。

あなたは私にとって、最も信頼できる人です。友人としても、一人の人間としても。呉田さんの文書を同封します。一読して感想を聞かせてください。

夏子

（呉田の文書）

日本政府（内閣）は、国民を監視し、支配しようとしています。政府に異を唱える人物を排除して、政府にとって都合のいい人物だけを登用しています。政府は、国民の意見を聞く気などないのです。「ていねいに説明して理解が得られるようにする」という言葉がそれを表しています。つまり、政府の言う通りにしていればいい、国民は政府の言うことを理解すべきだと言っているのです。何の科学的根拠も論理性のかけらもなく。

なぜこんなことになったのでしょう。政治を担う人間が、「自分たちは選ばれた者であり、政治という職業のプロである」と思っているからです。確かに選挙で選ばれたといえるでしょう。しかし、立候補する人が特別なため、選ばれた人も特別です。多くは、男性、高齢、政治家の子息、有名人、金持ち、元官僚……。しかも、政治のプロのはずの人が、中学校で習ったはずの社会科学の基礎さえ理解していません。三権分立の意味も、日本国憲法も。

国会議員は私たちの代表です。そうであるならば、あらゆる年令、職業、生育、性別思想など、普通の人たちがバランスよく選ばれなくてはなりません。その手段は抽選です。特別頭が良くなくても、話上手でなくてもいいのです。義務教育の内容さえ理解していれば、科学の基礎と論理的思考は身につけているはずだからです。難しいことは、専門家に聞けばよいのです。任期は六年、一期限り。それによって、多くの国民が政治に参加できます。

ごく普通の人たちが、普通の言葉で、論理的に議論する。これこそが、国民の国民による　国民のための民主主義です。政治を国民の手に取りもどしましょう。

## 四月

葉月へ

忙しいのに寄ってくれてありがとう。明日が入省式というあなたのスーツ姿は、まぶしく輝いて見えました。そして、情報について真剣に語るあなたはりりしいと思いました。

「社会はこれから情報によってどんどん変わっていく。情報が金もうけに使われたり、国家による言論統制の道具になったりしないようにしたい。情報は人の幸福のために使いたい。たとえ国家公務員になっても、その気持ちは変わらない」というあなたの言葉に深く納得しました。あなたの考えは、呉田さんの言っていることと似ています。人の幸福を考えて行動すること、これがあなたと呉田さんの共通点です。私も微力ながら、研究によってあなたたちと共にありたいと思っています。

あなたの活躍を心から願っています。でも、お仕事にあたってはくれぐれもお身体に気をつけてください。そして、初めての東京での一人暮らし、心細くなったら連絡してくださいね。とにかくお元気で！

夏子

了

著者プロフィール
有田　裕子（ありた ひろこ）
長崎県生まれ
著書：『ちはやぶる　神代の高千穂』（2018年・文芸社）
『とうめいなかいじゅう』（絵本／2018年・文芸社）
『家事ロボット・ハナ』（2019年・文芸社）

巫女の条件
ISBN978-4-434-32275-4　C0093

発行日　2023 年　6 月 20 日　初版 第 1 刷

著　者　有 田 裕 子
発行者　東　保 司
発 行 所
櫂 歌 書 房
〒 811-1365　福岡市南区皿山 4 丁目 14-2
TEL　092-511-8111　FAX　092-511-6641
E-mail:e@touka.com　http://www.touka.com

発売元　星雲社（共同出版社・流通責任出版社）